25년째 만나는 중입니다

영이랑칠이랑

글·그림 이지영

작가의탄생

이야기 하나
만나다

이야기 둘
맞춰가다

이야기 셋

함께하다

이야기 넷

맺음말

이야기 하나

만나다

영이

영이는 닭이다.

우아하게 쪼아대는 여왕이닭

철이

철이는 양이다.

순하지만 까칠한 양왕

만나다

지구별에서

해와 달처럼 다른 너와 나로 만나

서로에게 끌리고 혹했던 것은

하늘의 힘이 작용한거야

꽃

스물네 살 철이
스물둘 영이에게 꽃을 주다.

드디어 사랑을 시작했어

별 1

별을 따주마 약속했지
서로 콩깍지가 단디 씌어부렀어

18

별 2

손을 뻗어

별을 딸 수나 있을랑가

원체 허리가 길고 손발이 짧은 영이

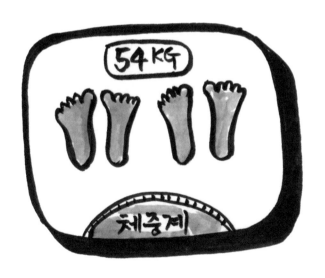

54

영이 54kg, 철이 54kg

엄마 왈

어디 아픈 거 아니냐?

헤어진 후

나보다 더 좋은 사람 만나길 바래

찾아보니 없더라~

"둘 다 까막눈에 마이너스 시력에..."

헤어짐은 필수 과정인 것을

기다림

버스 정류장에서

3시간을 기다린 철이

그 때 영이는 돈가스 집에서 미팅 중이었다지ㅋㅋㅋ

핸드폰도 삐삐도 없었던

옛날 옛적 사랑놀이

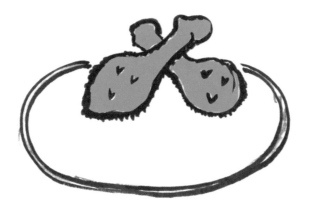

닭사랑

닭을 지독히도 사랑하는 우리

영이는 날개와 목을

철이는 다리를

우리는 만날 운명이었어

별의 사랑

토라지고 싸우고

미안해하고 다독이고

지구별에서 사랑을 시작한

영이와 철이의 앞날을

아무도 가르쳐 주지 않았다.

이야기 둘

맞춰가다

힘을 모아

20kg 쌀을 들어 이리저리 옮기는

영이의 힘은 밥심이야

단단한 아랫배가 있는 한

뭐든 할 수 있다.

34

살림집

한 사람에게 필요한 평수는 8평인데

17평 살림집은 대궐이었다.

오래전부터 미니멀리스트를 꿈꿔왔고

아무것도 없는 공간은

무언가 들어올 여유가 생기더라

밥

밥을 다 먹은 철이의 밥그릇에 밥풀이 가득하다.

가정교육 어쩌구저쩌구

내 그릇의 안은 보이지 않았을까

싸움

모든 게 처음이고 미숙해서
하루가 멀다 하고 싸움박질
싸움의 이유조차 까먹은
삼십 대의 칠흑 같은 밤들

묻고 또 묻고
나를 바라보는 시간이었다.

40

반말모드

야, 너

그래서, 어쩌라고

이 모지리

바보, 멍충이

으이그

썩을X (할미에게 전수)

여기서 멈출 수 있어 다행이었다

한글 자음과 모음을 합치면

세상에 고운 말들이 얼마나 많은지

조기새끼

조기를 구워주면

철이의 입가엔 미소가 번져

매일 구워준다 했는데 비싸더라...

미안해

뽀뽀뽀

함께하면 매일 뽀뽀할 줄 알았는데

입냄새가 점점 새롭고 쿰쿰해져

이것뿐 이게?

서로에게 큰 웃음을 주는

방귀대장 뿡뿡이가 되었어

슬기로운 취미 1

집 앞 깨미책방에서

만화책이랑 신상 비디오를 빌려

이불 속에서 키득키득...

그리운 그때

컴퓨터

386쯤 되었을까

2000년 밀레니엄이 시작되고

철이는 스타크래프트에 빠졌어

컴퓨터가 미웠다~~~

나도 한때

한게임 속에서 3마리 새를

눈에 불을 켜고 찾아다녔지

외로운 자유

걷기 싫어하는 철이 두고

영이는 미국으로 스페인으로 ~

걷고 또 걷고

튼실한 허벅지의 힘으로 돌아왔지롱

귀를 활짝

귀 기울여 듣고 말은 간결하게
너의 침묵이 이토록 사랑스럽다.
초등학생이 간섭보다 더 싫은 게
충고라고 하던데

25년 동안 한 마디 충고도 없이
나의 이야기를 들어줘서
많이 고마워

달의 사랑

보름달이 뜰 때면

으샤으샤

어둔 밤을 밝히며 달나라로 떠났지

왜 이러세요 ㅇㅇ끼리

이야기 셋

함께하다

무한도전

토요일 저녁을 고대하며

TV앞에서 깔깔깔 껄껄껄

이 맛에 십여 년을 살았나 싶다.

거리두기

♥

핸드폰과 리모컨을 양손에 쥐고 코 고는 영이

베개를 베어주고 아이패드 보는 철이도

스르르 코를 골며 장단을 맞춘다.

서로의 뱃살만큼 딱 그만큼 거리두기

♥

철이 취미

클라리넷 레슨을 받고 맹연습하더니

가끔씩 얼굴이 벌게져

몸을 요리조리 흔들며

삑사리를 낸다.

늙어서 근사한 공연 기대할게

영이 취미

워워워 "순정"에 맞춰 에어로빅을 시작했지

가슴속을 뻥 뚫어주는 요가에도 빠졌지

퀼트 하며 눈은 침침해졌고

정리정돈 집착병에

지금은 글씨 쓰며 침묵 수행 중

라디오에 풍덩

목소리와 음악으로 위안을 주는
고마운 남자들 덕분에 갱이 멀어져간다.

-동디(굿모닝 FM, 김제동) 지금은 뀨디(장성규)
-철수오빠(배철수의 음악캠프)
-순탁씨(음악작가)
-노중훈(여행작가)

힘

잔액
000.000.

힘

통장의 잔고에서

으라차차 힘이 생기는 건 어쩔 수 없나 보다...

입금되면 조기 두 마리

슬기로운 취미 2

영이 65kg, 철이 75kg

코로나19로 집콕생활 중에

운동이 필요하다며 땅끄부부 유튜브를 켠다.

숨이 헉헉헉 차오르고 힘들지만

차츰 익숙해질 일상이다.

등짝

400년 전 '별에서 온 그대' 를 철석같이 믿고

드라마에 빠진 영이를 귀엽게 바라보는 철이

드디어 게임하는 철이의 등짝도

쪼끔 이뻐 보인다.

산책

몸을 움직이면 모든 흐름이 원활해지지.

영이의 소원은 철이 손잡고

도란도란 이야기 나누며

영원히 산책하는 거다.

철이의 소원은 과연 뭘까?

사랑놀음

이 찌질한 사랑도 서로에게 녹아들고
서로를 물끄러미 바라보며 불쌍하다고 말한다.
어디로 튈지 모르는 공이지만 점점 둥글둥글해지고
하나 둘 기대를 내려놓으니 마음이 평안하다.

삶은 사랑놀음이다.
지지고 볶고 싸우고
싸우고 볶고 지지고

해의 사랑

우린 이제

더 이상 뜨겁지 않다.

영이랑 철이는

지금 빛나는 사랑 속에 머물고 있을 뿐.

맺음 말

매일 다섯 줄의 일기를 쓰고 있다.
일상 속 이야기를 적다 보니
우리 두 사람이 주인공일 때가 많았다.
영이랑 철이가
지난 25년을 함께하며 깨달은 것은
서로 다르지만 틀린 것은 아니라는 것이다.
다름을 인정할 때 친구가 될 수 있었다.

서로를 위해 기도하고,
서로를 용서하고
서로에게 점점 스며들었다.

과거는 이미 지나갔고
미래는 아직 오지 않았으며
지금이야말로
적정한 거리를 두고
자유롭게 사랑할 때다.

영이랑 철이가
하늘에 떠 있는 해, 달, 별처럼
반짝반짝 은은하게 때로는
뜨겁게 사랑했듯이

여러분들도
좋아하는 것, 하고 싶은 것
마음껏 하면서
무엇보다도 곁에 있는
사랑하는 사람의
작은 잘못은 묵과하고
서로에게 자비로우며
부디 즐겁게 살아가길 바란다.

책이 나오기까지 도움을 주신
작가의 탄생 김용환 대표님,
구혜리 디자이너님께 감사를 전한다.

또한 나의 영원한 짝꿍 철이,
두 딸 효주, 동주에게도
고마움과 사랑을 전한다.

작가의 말

이지영

그림 산문집
스물다섯 딸이 어떻게 한 사람과 평생을 함께 할 수 있는지 물어본 적이 있었다.
권태로움과 서로의 흠집을 찾던 잠깐의 기억 너머 서로를 있는 그대로
바라보며 인정할 수 있었기에 가능했던 순간들이 떠올랐다.
함께 울고, 웃고 성공과 실패를 경험하면서 비로소 친구가 되었다.
서로 노력하고 배려했던 지난 25년의 에피소드를 끄적끄적 글로 쓰고,
평소 좋아하는 붓펜으로 그림을 그렸다.
가끔은 내가 뭘 할 때 심장이 뛰고 기쁜지 스스로 돌아보며 살아야겠다.

엉이랑굿길이랑

초판 1쇄 2021년 02월 22일 발행

발행처 (주) 작가의탄생 | 펴낸이 김용환 | 디자인 구혜리 | 편집 김성경
출판등록 제 406-2003-005호
주소 04310 서울시 용산구 청파로 47길 90 405호, 406호 (숙명여대 창업센터)
대표전화 1522-3864 | 전자우편 we@zaktan.com
© 작가의탄생 2021 ISBN 979-11-7047-848-5 | 홈페이지 www.zaktan.com